U0867887

CEREAL

TRAVEL & STYLE

主　　编　Rosa Park
创意总监　Rich Stapleton
文字编辑　Richard Aslan

中文版主编　王菲菲
策划编辑　郝兰
责任编辑　郝兰
营销编辑　李晓彤
新媒体编辑　李晓彤　孙千傲

译　　者　张瑾
装帧设计　申亚申
封面摄影　Kate Holstein

图书在版编目（CIP）数据

谷物 . 8, 纽约印象 / 英国 Cereal 编辑部编著；张瑾译 . -- 北京：中信出版社，2018.1（2025.7 重印）
书名原文：Cereal 07
ISBN 978-7-5086-8384-3

Ⅰ . ①谷… Ⅱ . ①英… ②张… Ⅲ . ①游记－作品集－英国－现代 Ⅳ . ① I561.65

中国版本图书馆 CIP 数据核字（2017）第 286935 号

Cereal Volume 07
Copyright © Cereal Ltd. UK
All rights reserved.
Simplified translation rights © 2018 CITIC Press Corporation
Simplified translation rights are arranged with Cereal Ltd UK through Amo Agency Korea.
本书仅限中国大陆地区发行销售

谷物 .8，纽约印象

编　　著：英国 Cereal 编辑部
译　　者：张瑾
出版发行：中信出版集团股份有限公司
（北京市朝阳区东三环北路 27 号嘉铭中心　邮编　100020）
承 印 者：北京利丰雅高长城印刷有限公司

开　　本：889mm × 1194mm　1/16　　印　　张：9.5　　字　　数：120 千字
版　　次：2018 年 1 月第 1 版　　印　　次：2025 年 7 月第 12 次印刷
书　　号：ISBN 978-7-5086-8384-3
定　　价：68.00 元

版权所有 · 侵权必究
如有印刷、装订问题，本公司负责调换。
服务热线：400-600-8099
投稿邮箱：author@citicpub.com

CEREAL

序

我环顾四周，看到一排脚踩高跟鞋、20啷当岁的姑娘，越过隔离线，依次进入通宵达旦的夜店；一群穿着设计师品牌服装的职业人士，聚在鸡尾酒会外面的走廊上抽烟放松；嘈杂的人声和深沉的乐声从屋顶的露天酒吧倾泻下来。我走向街边排成一线的黄色出租车，地面被卖热狗的餐车开的刺眼的荧光灯照得反光，空气中弥漫着油腻焦煳的气味。现在是周一凌晨两点，我所在的地方再清楚不过——纽约（New York），一座有着约850万居民、让人爱恨交织的城市。这个无情的都市，生活节奏快得令人喘不过气，担得起“钢筋水泥的森林”这个称号。

在纽约生活的5年，是让人兴奋、成长、精疲力竭，同时又怨气冲天的5年。我忙不迭地离开那里，寻找一种安静祥和的田园生活。因为掺杂了太多的个人经验，在后来的很长一段时间里，我都无法用不带偏见的目光回顾这座城市。离开那儿4年后，我才终于可以回过头去，客观地审视这座城市留给我的印记。汽车穿过林肯隧道驶入曼哈顿，在天空的映衬下建筑物的几何形轮廓线映入我的眼帘，直到这时我才意识到，我是多么想念纽约，这座从很多角度看都是世界上最伟大的城市。无数个夏日里，我在林肯艺术中心看了一场又一场芭蕾和歌剧，度过了许多美好充实的夜晚；参观过散落在5个城区里不计其数的画廊和博物馆；这里独一无二的早午餐文化，永远欢迎10点钟来吃早饭的宿醉者，而且还把煎蛋做成了艺术品；当然，还有数不清的商店、文化场所、公园、广场，后街的每个角落都满溢着国际大都市的活力和律动。本期一开篇就重点介绍了我热爱的一些纽约元素，展示给大家一个不一样的纽约。

布里斯托尔（Bristol），我逃离纽约后居住的城市，《谷物》（*Cereal*）杂志社现在的家。一个朋友形容它是座“太过悠闲”的城市，而我正好最喜欢它这种闲适温和的风格。布里斯托尔有种独特的气质，盛载得下超过它重量的东西。它是国际知名的音乐之都、街头艺术之都、绿色宜居之都……总之，有不少头衔。现在，我们骄傲地将这座英国西部最大的城市，值得好好欣赏的三个方面呈现给大家，还特别地讲述了它作为世界上第一个巧克力生产地的故事。

然而，我想，马拉喀什（Marrakech）和撒哈拉（Sahara）的篇章恐怕才是最吸引狂热的旅行爱好者的章节。对我来说，没有比尔格查嘉嘉（Erg Chegaga）更浪漫的地方了，可是我们只有7月有时间开始这段旅程。于是，不顾一些亲友的劝阻，我们在一年里最热的季节造访了撒哈拉。我带上防晒系数50的防晒霜和麻质衣服，义无反顾地登上了去往马拉喀什的飞机。到达那里后我头昏脑涨地坐了三天车，在炎炎烈日下穿越阿特拉斯山脉，经过瓦尔扎扎特和莫哈米德，终于抵达了尔格查嘉嘉。我严重脱水，疲惫，精神恍惚，开始怀疑自己来这儿的决定是否正确。不过，就在我快要抵达目的地时，所有的疑虑都烟消云散了。那是一种类似于登陆月球的体验，在巨大的沙丘上跋涉，看着脚印消失在风中，好像自己也从地球上消失了一样。我望着一望无垠的金色沙漠，在无边寂静和与世隔绝中找到了慰藉。

Rosa Park
EDITOR

目 录

1. 纽约，美国

NEW YORK, USA

40°39′5.8″N, 73°46′57.6″W

林肯艺术中心

走进中央舞台

LINCOLN CENTER

TAKING CENTRE STAGE

文字：*Lucy Brook*　摄影：*Matt Johnson*

Then the rumour came that he had gone off on long voyages.

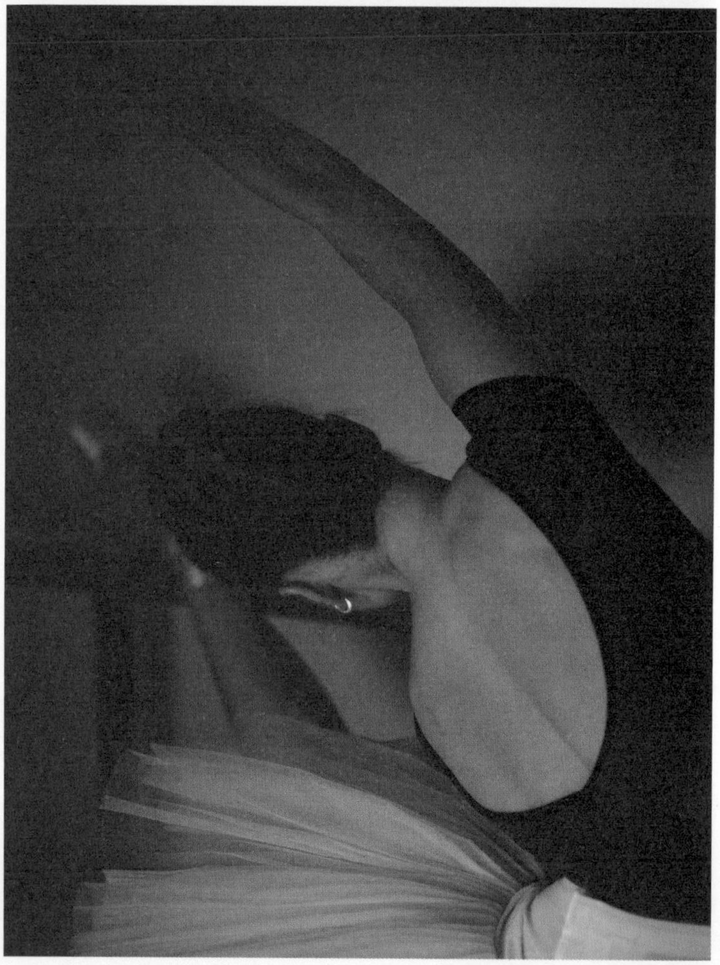

> “城市改造工程最终成功了，林肯艺术中心在1962年至1966年陆续建成，成了上西区旧貌换新颜的开始。纽约变成了一个货真价实的文化中心。”

2011年夏天，我第一次注意到林肯艺术中心。那时，纽约对我来说还是座沥青铺成的迷宫。午后的阳光下，摩天大楼像锡纸般反射着耀眼的光芒。我是个游客，睁大眼睛看着这座以前只在幻灯片上见过的城市。我刚从温暖的肯尼迪国际机场被送到铺满落叶的上西区灯塔酒店，我觉得这儿的路很宽。直到18个月以后我搬到东村，才意识到，上西区其实也相对更干净。去酒店之前我问出租车司机我可不可以坐在前座，好好看看这座城市，他同意了。一路上，司机指给我沿路的地标性建筑：“这儿是联合国，时代广场在那边。”他操着一口浓重的新泽西口音，在我下车的时候，对于我坐前座的行为来了句：“跟你说，这其实有点儿不合适。”我在酒店放下行李后就冲到了街上，夜幕刚刚降临，街上闷热而嘈杂，我很快就迷路了，把百老汇当成了哥伦布大道，最后误打误撞地站在了林肯艺术中心前面。巨大的入口，雄伟的拱门，舞动的喷泉，我感觉这一切是那么似曾相识。它是纽约的典型地标，在夏日朦胧的暮色中若隐若现。我怕走得太远回不去，于是在主广场上漫游了一会儿，在喷泉边上找了个位置坐下，看着陆续抵达的穿西装和燕尾服的人们，他们是来看大都会歌剧院里的演出的。

林肯艺术中心在纽约市的文化中是如此举足轻重，以至于你很难想象它仅建于20世纪五六十年代。今天，它是面积达6.6公顷的文化艺术中心，每年吸引约500万访客，并且以世界级的设施和演出闻名于世。它从62街往南，一直延伸到66街以北，以阿姆斯特丹大道和哥伦布大道为界，共有室内室外30个演出场地，包括所谓的“大树”剧场，大都会歌剧院，纽约爱乐乐团演出经典曲目的埃弗里·费希尔厅，以及纽约城市芭蕾舞团的主场大卫·科赫剧院。林肯艺术中心是11个艺术团体的常驻地，从歌剧、芭蕾、交响乐到备受尊崇的茱莉亚学院——世界顶级表演艺术学院之一，无所不包。

21世纪初，林肯艺术中心进行了一次彻底的改造，这次改造不仅改变了它的物理属性，而且改变了公众对它的固有印象。整个建筑从原先的上西区保守型艺术中心变成了完全开放现代的公共艺术设施，举办了许多公共节日和免费音乐会，还有豪华盛会。例如2010年，纽约时装周也从布赖恩特公园搬到了林肯艺术中心。

林肯艺术中心对表演艺术的支持和发展归功于约翰·洛克菲勒三世（John D. Rockefeller Ⅲ）。20世纪50年代，他筹集了约1.85亿美元用于林肯广场的改造工程。他当时的想法

◀◀◀

就是，在纽约创造一个艺术之岛，将城里所有的艺术机构联合起来，点缀在曼哈顿的各个角落。这个想法在当时是惊世骇俗的。在这之前，美国还从来没有过表演艺术中心，活动家们在阐明林肯艺术中心为什么是对纽约市有益的同时，常常不得不先解释“表演艺术中心到底是什么”的问题。上西区当时还没有变成如今这样一个社区，一些批评家担心，把这座城市最受尊重的文化组织搬到这个以犯罪出名的街区是个错误的决定。然而，城市改造工程最终成功了，林肯艺术中心在1962年至1966年陆续建成，成了上西区旧貌换新颜的开始。纽约变成了一个货真价实的文化中心。到了20世纪90年代，林肯艺术中心开始失去它的光环，逐渐被定位为一个偏远的、有点儿令人生畏的艺术设施，只为上流社会服务。在纽约这样一座永远变化中的城市，林肯艺术中心需要从一个“冠冕堂皇”的艺术中心发展成一个现代友好的文化终点站，而且还不能失去它作为地标性建筑的特色。

“真正的问题是如何让这个地方更有吸引力、更易于亲近、更成功，少一些辉煌的陵墓式宫殿之感，更像充满活力的城市生活的一部分。”2011年普利策奖得主、建筑评论家保罗·戈德伯格（Paul Goldberger）说道。迪勒·斯科菲迪尔和伦弗罗（Diller Scofidio+Renfro）是一家艺术安装比建造更著名的建筑设计公司，为2006年耗资15亿美元的改造工程带来了独特新颖的革新精神，让林肯艺术中心摇身一变，成为21世纪的先锋建筑，同时还没有“牺牲”它原有的个性。新的人行步道、海帕广场和餐厅都被自然而然地接纳了，艾丽斯·塔利音乐厅的延伸建筑、美国芭蕾舞学校的延伸部分，以及校园里的其他公共空间，都与旧建筑完美地融为一体。我自2012年搬到纽约后，便成了林肯艺术中心的常客，被它的各种演出迷得神魂颠倒。我曾在林肯中心剧院看过莎士比亚的经典悲剧《麦克白》出神入化的表演，也曾在浪漫奇幻的林肯中心艺术节上，被街头霸王乐队（Gorillaz）的歌剧《西游记》深深打动。在大都会歌剧院，我和其他所有观众一样，在绝美的歌剧《蝴蝶夫人》落幕，水晶吊灯缓缓升起，红丝绒幕布从金色屋顶上落下时，泪眼迷蒙。2013年12月，我在大卫·科赫剧院看了纽约城市芭蕾舞团的《胡桃夹子》，当糖果仙子出现在观众席上时，我周围的孩子们惊喜地尖叫起来，剧场内居然神奇地下起雪来，最后把整个舞台变成了一个大雪球。剧场外，那年冬天的第一场雪也正在飘然而下，为广场铺上了白色的毯子。孩子们看着艺术变成了现实，快乐地打着雪仗，大团的雪花飘落在他们的头发上。这时候，喷泉开始跳舞了。■

地址：纽约林肯艺术中心广场10号，邮编NY 10023
官网：LC.LINCOLNCENTER.ORG

野口勇

雕塑和设计博物馆

文字：*Daniel Waite Penny* 摄影：*Justin Chung*

野口勇博物馆在一条几乎没有树的街上，与之相邻的仅有一家好市多超市和一家汽车修理厂。只有一趟从地铁站开往百老汇的公共汽车经过这里，还经常不准点，所以你可能得步行前往。但是别担心，这些辛苦都是值得的。

博物馆坐落在皇后区长岛市的一个工业区里，离上东区的博物馆一条街和市中心曼哈顿的四方格子街都很远。它是纽约市最受瞩目却也是最被低估的艺术空间之一。1985年，野口勇博物馆开馆，其设计师和策划者就是日裔美籍艺术家野口勇。这是美国唯一一所完全由一个艺术家构想、设计，并且只展示这个艺术家作品的博物馆。所以，野口勇博物馆就是一个集艺术、设计、建筑于一体，由单个现代视觉艺术视角“编织”成的作品。入口很小，在房子侧面，引你进入一个凉爽宽敞的大堂。从一个简朴的对开门进去，你就直接到了整个博物馆最大也最独特的展厅之一。巨大的天花板下面是一个直伸出外面的半开放式的机库型空间，几株桦树的枝丫伸出屋外，直指天空。自然光从墙上的窗户洒进室内，壁灯又照亮了屋内黑暗的角落。风连带外面街道上沉闷的声音也吹了进来，未经加工的石雕与水泥墙完美相融。参观野口勇博物馆时，你可以把“一个人在花园里走走”列在观赏清单上，看看穿插于其中的神秘艺术“心印”（Koan）。野口勇用这种方式解释了博物馆空间的设计理念：“不是作为一处盛放物品的场所，而是作为一个互相联系的有机整体、一座花园。”这不仅是花园部分的理念，也是整个博物馆的设想。

1962年，野口勇买下了这个约2 200平方米的废弃加油站和金属加工厂，把它改造成了一个私人工作室，并且盛放他日益增长的大型作品。整个博物馆里放满了他20世纪70年代后期和80年代的作品，它们都是沉重巨大的大理石和玄武岩，边缘和凹陷处都让人有强烈的想要摸一下的欲望。当然，博物馆里禁止人们触摸作品。那些光滑的边缘和表面都被切割出粗糙的纹理，按野口勇的话说，它们是“石头的肌肤”。撬棍的痕迹和炸药留下的洞都是它们来自采石场的证明，也将艺术家把原材料变成艺术品的决心展露无遗。故意切割出的几何形和偶然的不规则感并存，给作品以强大的张力，展现了野口勇艺术巅峰期的创造力。他创作这些作品的时候已是一个成熟的老艺术

▶▶▶

“故意切割出的几何形和偶然的不规则感并存，给作品以强大的张力，展现了野口勇艺术巅峰期的创造力。”

家，这些作品表明了他不追求完美的态度，尽管他在职业生涯早期是个孜孜不倦的完美主义者。

博物馆里，野口勇整个艺术生涯中的全部作品，按照时间倒叙、不同特质分类展出。高度抛光的圆形、螺旋形和各种生物形态的大理石雕塑，占据了后屋和一楼；而切割的钢材料作品，受布兰库希（Brancusi）启发的青铜抽象作品，20世纪30年代的骨骼、木材、石材组合作品，以及战后时期的作品，散落在周围。这些是野口勇的成名作，先后于1946年和1968年被纽约现代艺术博物馆和惠特尼博物馆展览。然而，这些作品很快就成了他作品目录里不成熟的青涩之作。在博物馆顶层，许多小型多部件的雕塑被各种模型、画作和金属制品包围着，裸露在浅色木地板上面，就像冰山一样。为马莎·格雷厄姆（Martha Graham）设计的成套作品的照片和未完成的作品图纸并排陈列着，让观者得以看见艺术作品的创作过程。散落其中的还有几十幅模仿动画片《猪小弟漫游奇境》（*Porky in Wackyland*）中超现实背景的游乐场草图，这些设想都被纽约市公园管理部门否决了。同时陈列的还有野口勇备受赞誉的工业设计作品，包括一张咖啡桌、Akari灯具和一台沙发。走累了的参观者可以坐在沙发上休息一会儿，打个盹儿，幻想一下这些迷人的矮家具在自家的客厅里是什么样子。这些家具现在依然由米勒公司生产，一楼的礼品店有售。

野口勇博物馆的中心是一座露天石头花园，从顶层展厅沿楼梯步行下来即可到达。站在歪歪扭扭的日本松树下面，或者漫步在雕塑、树和京都附近伊赛河（Esai River）的灰色岩石“丛林”中，纽约似乎后退成了模糊的记忆。这其中最引人注目的一个作品恐怕是“中空的石头”（Tsukubai），或者叫“水石”（Waterstone），石头的底部和顶部被切割成光滑如镜的平面，清水不断地从中溢出，流经石头的边缘。尽管野口勇一生设计过很多喷泉，包括为世界博览会和公司大堂设计的巨型喷泉，但他最成功的那些作品却像这个作品一样，简单而发人深思。黑色的石头表面如此光滑亮眼，你可以盯着它看几个小时都不厌倦。

地址：纽约33街9-01，邮编NY 11106
官网：NOGUCHI.ORG

The Line精品店

会讲故事的零售之家

APARTMENT BY THE LINE

THE HOME OF RETAIL STORYTELLING

文字：*Lucy Brook*　摄影：*Justin Chung*

> “这间公寓并不是一个家，而是一个零售店，陈列的所有东西几乎都是在售的。”

纽约苏荷区格林街上一扇不起眼的门上，有一排微小的简洁的无衬字体：“本公寓陈列的物品，都与家紧密相关。”上面说：“它也是一个搜集和了解物品的创造灵感、想法、工艺、传统和材料的好地方。”门后面有部电梯，我走进去，按下“3”，上了楼。电梯门打开了，正对着The Line精品店，这是一个面积约279平方米的阁楼公寓，阳光充足，四面白墙，上面是压型金属天花板，下面是奶白色抛光地板。门口处，一件深灰色的普罗恩萨·施罗（Proenza Schouler）外套和一个海军蓝皮包随意地挂在衣钩上；一辆黄白相间的BIKEID（斯德哥尔摩的一家设计公司）自行车靠在公寓的大窗户下面。不过，这台定制的拉斯维纳斯（Las Venus）蓝丝绒沙发，应该算是这间屋子的点睛之笔了。其对面是两把意大利工业设计师乔·哥伦布（Joe Colombo）设计的惹眼的4801号椅子，以及一面开阔的特色照片墙，上面挂满了著名艺术家亨利·卡蒂埃-布雷松（Henri Cartier-Bresson）、罗伯特·梅普尔索普（Robert Mapplethorpe）、安德烈亚斯·科勒（Andreas Kohler）等人的作品。地上铺着一张产自摩洛哥的毛毯。整间屋子里满是美丽的物品。

这间公寓并不是一个家，而是一个零售店，陈列的所有东西几乎都是在售的。它将网站“theline.com”的极简主义概念变成了现实，并延续了精心策划的风格，满足了人们的好奇心，让人们对生活重新充满期待。整个空间，包括一个别致、单色调的卧室，里面有个颓靡的独立式四角浴缸；一个有工作室那么大的餐厅；还有一个奢华的步入式衣帽间，感觉更像是一个正在展览中的装置艺术展，而非样板间。自2013年10月开业以来，这里已经成了一个兼具视觉和品位的会讲故事的零售之家。这家精品店由受人敬慕的艺术设计师瓦妮莎·特雷纳（Vanessa Traina）和摩根·文德尔博恩（Morgan Wendelborn）创建，原址是铸铁建筑师艾萨克·F.达克沃思（Isaac F. Duckworth）

▶▶▶

◀◀◀

140余年前设计的建筑。在想将他们的网上商店变成一家实体店的欲望的驱使下，瓦妮莎和摩根为这里配置了他们喜欢的能够满足日常生活所需的物品，公寓里散落着各种极具亲和力的小物件。为了给这个空间独一无二的个性，他们选择了电影导演韦斯·安德森（Wes Anderson）长期合作的布景设计师卡尔·斯普拉格（Carl Sprague）。整个公寓的基色是白色、海军蓝、灰色和黑色，斯普拉格又加入了很多好玩的元素来丰富它的内涵，比如一张长毛绒毯子，一系列搞怪的水晶灯，大部头的旧书，甚至彩色的诗集。结果就是，这个特别的、绝不无趣的空间诞生了，奢华但不夸张，恣肆却不轻浮。

瓦妮莎和摩根并不想让这儿“过满”，里面所有的物品都是他们自己家里用的东西。“重要的是，多功能，实用，有故事，这既是我们产品的特性，又是我们生活的特性。”摩根说，“这是一种有意识的消费，但又可能跟你期望的不太一样。我们想要更近距离地观察那些进入我们日常生活的物品，这样我们就能用得更久，跟它们发生故事，拥有回忆。”摩根和瓦妮莎将公寓里在售物品的价格分了很多档，因为多样是今天的人们生活的特质。“你可能会花一大笔钱买一把波尔·克耶霍尔姆（Poul Kjaerholm）的椅子，并不仅仅因为它做工精良，设计卓越，更因为它会在你每次搬家时都跟着你，它不是那种你会随意扔在路边让人捡的东西。可是如果是牙刷或是洗发水呢？它们实用、必需，但也需要你经常换新。每个人都需要这些东西。”

如果不事先预约，公寓只在每周三、周六开放。摩根和瓦妮莎常在这里举办文化沙龙和社交活动，从装置艺术、表演到派对、晚宴。他们也常邀请客座策展人、设计师和艺术家参与到公寓的概念设计中，他们想把这个地方做成一个不断进化的场所。■

地址：纽约格林街76号3层，NY 10012
官网：THELINE.COM

MARVIS
WHITENING MINT
MARVIS

QUESO DEL INVIERNO
MAJOR FARM VT
•RAW COW & SHEEP's MILK•
CAYUGA BLUE
LIVELY RUN FARM NY
•RAW GOATs MILK•

早午餐

周末俱乐部

BRUNCH

THE WEEKEND CLUB

文字：*Kris Seto*　摄影：*Nicole Franzen*

> “早午餐就像是某种时光机，既将逝去的旧时光带回给我们，又将眼前的时光变得飞快而转瞬即逝。”

纽约的周末会上演神奇的事情。约莫11点钟的光景，积极的“早起的鸟儿们”开始陆续出现，一直到傍晚，人们都喝着贝里尼酒，吃着火腿蛋松饼和烤得焦黄的全麦吐司配苹果酱。在周末的城里，“早餐”这个概念基本上是不存在的，它早就被“一顿完美的早午餐”所取代了。鸡蛋、培根、薄煎饼、华夫饼、法式吐司、麦片，登上了主舞台，人们怀着虔诚的心情怡然地享受这段属于他们的奢华时光。每种文化都有自己神圣的饮食习惯，如西班牙人喜欢午饭后来个午睡，广东人爱吃早茶，英国人爱周日烧烤，而早午餐就是纽约人珍贵而独特的秘密。最基本的规则就是：在午餐时间吃早餐，含羞草鸡尾酒（Mimosas）喝个够，以及快快乐乐的（喝完鸡尾酒倒确实很容易就乐呵呵了）。这既是一种经历，也是一件人生快事；既是一种慵懒的休闲生活方式，也是一个聚会和互通有无的场合，更是一个从上一晚的宿醉里醒酒的过程。这就是这顿饭的精华所在。

那么，是什么吸引了这么多纽约人花大把时间在早午餐上呢？也许是因为早午餐其实是种反叛行为？我们人生的大部分吃饭时间都被固定下来。一日三餐，我们在准点吃下特定范围内的食物，要是某个时间没有某些食物，我们还会一直哭到找到那些食物为止。对于我们纽约人——一群爱焦虑恐惧的“青春期少年”——来说，早午餐就是一种打破常规的机会。它给了我们抛弃平庸的朝九晚七生活的许可，下午3点吃早餐也不用心怀愧疚，大白天喝酒也不会被批判，把一顿简单的饭吃到地老天荒，恣意挥霍时间而完全不对现实生活负责。我们对自己说，我们现在是成年人了，想做什么就做什么，想什么时候做就什么时候做，就算这意味着我们这么晚了还吃奶酪煎饼加迷迭香薯条，只要我们愿意，我们就能吃。

与之相反，对某些人来说，早午餐似乎能让他们找回童真，逃离成年生活的条条框框。在这个特别的时刻，我们要照顾自己内心的小孩儿，他/她一直以来都被社会规范所忽视、挫伤和打击。早午餐就像是某种时光机，既将逝去的旧时光带回给我们，又将眼前的时光变得飞快而转瞬即逝。我们像天真纯洁的孩子一样释放自我，自由地吃喝玩乐。简而言之，早午餐让我们回到了无拘无束的自由状态。当然，对另一些人来说，早午餐只是简单地把美食、朋友和大白天随便喝酒的快乐叠加起来而已。你若是想搞明白自己适用于哪种理论，不妨现在就打电话约几个朋友，坐下来花几个小时吃顿早午餐试试。■

EXIT

THE FAT RADISH
PLATE
SWEET POTATO
JAPANESE TURNIP
CIPOLLINIS
HEIRLOOM CARROTS
KALE
SQUASH
HIJIKI
BROWN RICE
ADZUKI BEANS
PICKLED CABBAGE

史蒂文·阿兰

记一次访谈

STEVEN ALAN

AN INTERVIEW

文字：*Lucy Brook*　摄影：*Justin Chung*

当代时尚先锋史蒂文·阿兰（Steven Alan）对经典设计眼光敏锐，尤其善于重塑经典。在纽约出生长大的他，立足时尚设计界的过程却并非水到渠成。史蒂文·阿兰最开始是一个零售商，然后成了一名成功的品牌策划师，直到1999年才发布了自己设计的第一批作品。他的标志性作品——反向锁边衬衫和一系列男女式基本款服装设计，奠定了他成为知名设计师的基础。如今在美国，他的同名品牌有20多个专卖店，世界各地更是有200多个精品店在售卖他的品牌。2013年，“史蒂文·阿兰家居店”开业，一个新的时尚生活方式零售店诞生了，这个品牌展现出精明的购买眼光，很快跻身全球知名品牌之一，与A.P.C.、Acne Studios、Karen Walker、Demylee等品牌齐名。《谷物》找到百忙之中的史蒂文·阿兰，在翠贝卡体验店对这个“三大品牌之父”进行了采访。我们聊到了他的设计过程、灵感，还有未来时尚和生活方式相互交融的趋势。

谷物：你是如何进入时尚界的？

史蒂文：我父亲是个珠宝设计师，我父母一直有一个商店，所以我是在父母的设计和零售环境中长大的。我一直都想做富有创造性的事，我最开始学习的是摄影和电影，后来我发现自己也想从商。毕业后我先是给我父母打工，后来才决定自己开店。我热爱寻找、发现好东西，并与人分享。1994年我自己开了家店，1996年我开始代理品牌，1999年我开始做设计。设计是我发现的最后一种好东西。

谷物：跟我们谈谈你的设计过程吧，你从哪儿开始的？

史蒂文：最开始是面料。我们得在对设计没有任何具体的概念前先看到面料，这是我一直以来的工作方式。这种方式很有趣，因为在此基础上你可以开始在设计板上用大头针钉出一些思路来，有一些想法，并基于面料设计出局部。我觉得很多设计师是先从概念开始的，但对我们来说，找到面料，反复地揣摩它，与工厂合作制出我们想要的，是我们工作的开始。

谷物：你的灵感还从哪些地方来？

史蒂文：我在纽约长大，所以总是从一个纽约人的视角来思考设计。这真的能给我灵感。我觉得不管你来自哪里，你的故乡给没给过你灵感，你意识没意识到故乡对自己的启发，它都在你的基因里。如果你是在城里长大，每天坐地铁，在大街上来回穿梭，那么这些就是你知道的一切。不管我们的顾客来自哪里，那都是我们可以共享的情感和感受。

▶▶▶

◀◀◀

谷物：请讲讲你的史蒂文 · 阿兰家居店吧。

史蒂文：这家店开业只有一年，说了你可能不信，这儿以前是我们的办公室。我们搬家的时候不知道该拿它怎么办，因为房租还没到期，我们又不想在翠贝卡的富兰克林大街上再开一家服装专卖店，然后我们想，为什么不干脆开个家居用品店，就叫“家居店”？那时候我们都没想好里面卖什么。我只是想把很多从来没一起卖过的东西都放一起卖，于是就有了床单和鲜榨果汁在一起，地毯和蜡烛在一起，并且一直不停地变换组合方式。这很好玩，因为家居摆设没有一定之规，你想怎么摆就怎么摆。某种程度上我们把这家店当成了一个孵化器，孕育出很多想法，并将其应用到其他店里。它就像是我们的试验场。

谷物：你为什么这么肯定时尚和生活方式的整合将是未来一大趋势？

史蒂文：我觉得这正在发生，因为家是如此大的一个概念。小到洗手池边的肥皂，厨房里的水龙头，用来营造气氛的蜡烛，房间里播放的音乐，样样东西都是时尚，都在整合。更有意思的是，不光是时尚和生活方式在融合，时尚本身的概念也越来越宽广。那种一个品牌、一个系列的概念已经不够用了。虽然我们做设计，也总想设计更多的东西，但我想，其他设计师的东西也是要有的，尤其是在你想尽可能地给顾客最好的体验时。毕竟，你根本不可能在每件事情上都做到最好。所以，对我来说，在我们产品的基础上精选和售卖其他品牌的东西是件很有趣的事。而且我们就是从多品牌代理做起来的，我很重视我们卖给顾客的是哪些东西。我们从来不想跟别人重样，所以我们尽量让自己的货品纯正。我们设计那些市场上还没有的东西。

谷物：史蒂文 · 阿兰品牌的下一步计划是什么？

史蒂文：我很重视创新，所以我们一直在持续不断地重塑经典。我关注微小的细节，喜欢寻找新的样式。我认为我们品牌一直在进化，现在我们已经有近20年的历史了，我们每天都在追求做得更好。■

地址：纽约富兰克林大街158号，NY 10013
官网：STEVENALAN.COM

纽约心态

爱恨交织

NY STATE OF MIND

A LOVE-HATE RELATIONSHIP

文字：*Annie Lee*　摄影：*Kate Holstein*

“纽约的快节奏渗入了城市生活的方方面面，工作当然也不例外。我忘了这儿的客户是多么难缠，忘了平衡工作和生活对这座城市的所有职业人士都几乎是不可能的。”

住在纽约是需要有某种疯劲儿的。在我因为工作从纽约搬到首都华盛顿之前，这种感觉还不明显。之后就不这样了。同样的房租，在纽约只能租到一个巴掌大的单间；而在华盛顿，我可以租到一个宽敞的一居室公寓，外带一个步入式衣帽间，还有一个地下免费车位。而且，公寓里还自带洗衣机和烘干机——这对于纽约人来说简直是想都不敢想的事。我华盛顿的公寓对面就是一家“货真价实”的商店，不用花12美元买一袋麦片。在华盛顿，我也不用每天都在满街的游客中间躲闪腾挪。我很享受这种“可控”的生活，差不多每个工作日都能按时回家吃晚饭，这在纽约几乎无法实现。

不过，每次我回纽约看我的未婚夫（现在的丈夫）时，在下火车的那一刻我的心就开始按照这座城市的节奏来跳动了。那些灯光、广告牌、人群，甚至让人头晕的尿臭味，都会从我的皮肤渗透进身体里，把我体内那个“纽约人”唤醒。我步伐轻快，熟练地穿行在熙熙攘攘的人流里，注意到所有新起的脚手架和新开的饭馆。我从容地乱穿马路，后面是老老实实等红灯的游客。我又变回了那个昂首阔步的“城市佬”，嘴里哼着歌，融入这座城市的节奏中。“我们得想办法搬回来。”我忙不迭地给一个也是最近搬离了纽约的朋友发信息。“对，我们必须搬回去。”她回复道。

在那些回纽约的周末，我总是忙忙叨叨的。每顿饭都得提前计划，因为总是有见不完的朋友。就连两顿饭中间的时间也得安排出去，参加各种只有纽约才有的活动。我们去看只有纽约的艺术影院才放映的印度电影；在周六下午联合广场的农夫市场上乱逛，品尝山羊奶酪和自制薯片；夏天的时候，我们坐地铁去唐人街吃小笼包，买纸包着的海绵蛋糕，徘徊在热带水果摊前，看看山竹和荔枝，最后抱着35美元的水果回家，并大声嚷嚷着：“这儿的水果怎么这么便宜！”

纽约还是很多我最爱的东西的故乡，让我不得不挤出周末的时间回去。我最爱的甜品店是上东区的一家叫作“M小姐”（Lady M）的糕点店，这里制作的千层蛋糕美味得出奇；我最爱的流动餐车是中城西的白坡茶（Bapcha），那儿的甜味韩式小肋排一份只要几美元；我最爱的夜宵比萨，在宾州车站附近的“小意大利”，最爱的晚餐约会地比萨店是“小意大利”的伦巴第（Lombardi）；纽约还有我最爱的街区圣卢克宫，这是西村一个绿荫覆盖的棕色石头街区。我喜欢在阳光灿烂的下午在这条街上闲逛，想象着住在这儿的纽约人都在上演着什么样的人生故事。

▶▶▶

◀◀◀

就这样，我的纽约周末一直有声有色地继续着，直到2013年秋天我又从华盛顿被派回纽约。我在宾州车站最后一次下车时，长出了一口气，想着那些马不停蹄的周末终于成为过去。我对自己说，现在我要享受这座城市的休闲时光了，充分体会所有美好的事，再也不赶时间了。但很快我就意识到，我比搬回来以前还没时间。纽约的快节奏渗入了城市生活的方方面面，工作当然也不例外。我忘了这儿的客户是多么难缠，忘了平衡工作和生活对这座城市的所有职业人士都几乎是不可能的。我根本没时间去买菜或者在家里做饭，我每天都在外面吃，或者点外卖。每隔一段时间，我和我先生挤出一点儿时间，在家附近的无麸质餐厅吃一顿快餐，然后再分别回到我们那"高大上"的办公室去。在工作日，我们几乎从来没有时间待在我们那间贵得离谱的公寓里，而到了周末，我们又不得不跑来跑去，办那些平时没时间办的琐事，比如在楼下的付费洗衣机里洗我们成堆的衣服。讽刺的是，我突然意识到以前不住在这座城市的时候，我反而更能享受这座城市的美好。

意识到这种生活方式从长远看既不合适又令人难以承受，我们开始研究能不能搬到城外。一个周三的晚上，在网上看过新泽西州的一些在售房产后，我们一起出去吃迟到的晚餐。我先生并没有带我去我们经常去的地方，而是带我去了11街的"伊万拉面"（Ivan Ramen），头一天他的同事刚刚带他去过。伊万拉面坐落在谭西市场（Gotham West Market）里面，那儿是个酒吧和餐馆集中的地区。我们到的时候，我意识到所有餐馆的落地窗都打开了，为了让晚风吹进来。从外面可以看见主厨在另一侧的厨房里用笊篱捞面，食物的香味和悠扬的音乐飘荡在空气中。我们走进去，点了两碗拉面、一个盖浇饭和两杯特饮（我的是柚子柠檬汁，他的是香芹苏打水），在色调简单的吧台前面坐下，旁边的客人西装笔挺，一看就是财经人士。我们身后是很多长凳，一些二三十岁的年轻人闲聊着，面前是空空的碗碟。气氛又放松又酷，好像所有人都在进门以前把工作压力留在了门外，包括我。等到滚烫的食物摆在我们面前时，我打开筷子包装，对先生说："我们怎么可能搬到其他地方去住啊？"他挑起一侧眉毛。"我是说，到哪儿去找拥有所有这一切的地方？现在是周三晚上10点，人们还在四处活动，拉面看起来真是太好吃了！"我先生点点头，说："能住在这儿真的很幸运。""太幸运了！"我回应道。然后我们就埋头吃起了纽约市最好吃的拉面来。■

MetLife
100

2. 布里斯托尔，英国

BRISTOL, UK

51°27'32.5"N, 2°35'17.9"W

单车之城

英国的自行车之都

BIKE CITY

CYCLING CAPITAL OF THE UK

文字：*Richard Aslan*　摄影：*Finn Beales*　自行车：*Monocle × BIKEID*

MONOCLE

“这座低调的城市的自行车平均拥有量是全英国平均数的3.5倍，比任何一座其他英国城市都高。”

我再次换小一挡，自行车开始发出咯吱咯吱的抱怨声。我连公园大街的一半路都还没走完，腿已经像风车一样慢速运转了，肺喘得像风箱，太阳穴随着心跳隐隐跳动着。山顶上新哥特式的威尔斯纪念塔（Wills Memorial Building）居高临下地嘲笑着我，像土星5号运载火箭（Saturn V）一样直插云霄，若隐若现。超过一个已经开始推着车走的人，我蹬得更慢了。她走得脸红脖子粗，头盔下的头发湿漉漉地沾在脖子上。我继续顽固地蹬着，龇牙咧嘴，大腿上的肌肉抽痛，城市缓缓后退，我得出了一个结论：布里斯托尔不太像一个自行车之都。

布里斯托尔在英格兰西南部一大片绿色肥沃的丘陵山地上。它是一座温柔而充满创造力的城市，约50万的人口散落在十几个山丘上，风景如画。布里斯托尔自认为，即便是最专业的自行车爱好者，到了这儿也会被数不清的大坡小坡所打败。卡伯特塔（Cabot Tower）是城里的最高点，布兰登山地公园（Brandon Hill Park）里蜿蜒曲折的小路环绕在周围。这座塔看起来像是爱尔兰作家布拉姆·斯托克（Bram Stoker）想象出来的，高高的尖顶上甚至可以挂一片大培根当旗子，警告过往的飞机别飞得太低。阿什顿庭院庄园（Ashton Court Estate）宽敞的大道视野开阔，你可以在这里停下来休息一下，喘口气。雅各布韦尔斯路（Jacob's Wells Road）穿过河面，连接起豪韦尔斯（Hotwells）和克利夫顿大三角（Clifton Triangle），对面是大不列颠号蒸汽轮船（SS Great Britain）。桥谷路（Bridge Valley Road）如蜗牛壳般盘旋而上，从伊桑巴德·金德姆·布鲁内尔（Isambard Kingdom Brunel）设计的克利夫顿悬索桥的桥基处，一直延伸到埃文河峡（Avon Gorge）顶。在山峡的另一边，夜莺谷（Nightingale Valley）中一条泥泞陡峭的碎石路，足以让所有的登山者气喘如牛。中世纪的古城墙外面，圣诞阶梯（Christmas Steps）和圣迈克尔山（St Michael's Hill）陡到路面只能铺成阶梯状，而宪法山（Constitution Hill）对于每个开车的人来说，都是一项勇敢的挑战。

就是在这么可怕的地形上，布里斯托尔却是座骨子里就有自行车基因的城市。官方说法是，从2008年布里斯托尔赢得英国第一个“自行车之都”开始，这项荣誉就带来了约2 300万英镑（约2亿元人民币）的投资。城里施行了公共自行车计划，包括为骑自行车上下班的人提供免费维修、换胎、清洗等服务，并且在

▶▶▶

交通拥堵路段免费提供自行车。6年过去了（2014），虽然不是每个计划都施行了，但“自行车之都”的整体项目依旧在稳步进行中。即使是在最拮据的时期，资金也一直在注入，布里斯托尔很快就会成为英国第一座拥有全封闭荷兰式自行车专用道的城市，总长预计约160千米，也许还会更长。2015年对布里斯托尔来说是一个新篇章，是举足轻重的一年。布里斯托尔成为继斯德哥尔摩、汉堡、维多利亚（加斯泰斯）、南特和哥本哈根后，欧洲第6个“绿色之都”。所有目光都聚焦在这里，布里斯托尔得到了4亿英镑（约35亿元人民币）的巨额投资，用以鼓励本地居民少开车，多骑自行车。

然而，布里斯托尔人对自行车的热爱根本不是一个委员会所授予的荣誉所能表达的，也远远超过了国家和欧盟投入的资金所能丈量的深度。不过，这些荣誉和资金倒确实能够帮助建设这座到处都是健康食品店、佛教中心和瑜伽馆，崇尚独立思考的城市。这座低调的城市的自行车平均拥有量是全英国平均数的3.5倍，比任何一座其他英国城市都高。几乎每个路灯和栏杆上都锁着自行车。学校门口，大学的每栋楼前，办公大楼、酒吧外面，到处都挤满了自行车。偶尔你能看见一辆丢了轮子，或者没了链条，甚至只剩下一个车锁的自行车“残骸”，心里一紧，脊背上泛起凉意。所以，这里是全英国自行车公益协会的所在地也就顺理成章了。这个公益组织成立于28年前，由自行车爱好者和环保人士创办，那时候在英国根本没有“自行车之都”这样的概念，而今天，它促成了英国全国范围内的自行车普及。实际上，这个组织早在20世纪70年代就已经奠基，目标是在2020年以前实现每5次短距离出行中就有4次是自行车出行。尽管（或者正是因为）布里斯托尔的街道狭窄而曲折，很容易堵车，自行车却比汽车更适合这座城市。从自行车上的各种时髦装饰，小巷子里自行车链条做的咖啡馆门面，到利伍兹（Leigh Woods）公园的自行车道上沾满泥浆的超轻运动自行车，家用汽车上的自行车架，还有那些装满了塑料花、喷着标语的吱吱作响的老爷车，这里的一切都让你觉得，这座城市里的每一个人好像都骑自行车。

这个月的最后一个星期五下午5点半，我在市中心广场上的喷泉边加入了一大群自行车爱好者的队伍当中。6点钟的时候，我们出发了，鱼贯而入，涌进了一条接一条的街道，安静地穿过整座城市。汽车都默默地跟在后面，没人按喇叭。黑压压的自行车阵轧过马路，轮胎与路面摩擦出嗡嗡声，前面传来无数自行车丁零作响的铃铛声，我喘了一口气，环顾四周，这是布里斯托尔版的自行车“群聚效应”（critical mass）。“群聚效应”活动自20世纪90年代晚期在旧金山兴起后，迅速传播到全世界各地的自行车爱好者团体中。布里斯托尔的“群聚效应”当然不是全世界规模最大的，但它的耐力、坚持不懈和为了更安全的交通和更清洁的空气而做的努力，却是有目共睹的。夜晚的微风吹拂着我的脸颊，等我们骑上第一个大坡时，嗡嗡声停止了，只剩下有节奏的喘息声。到达山顶的时候，我们一个接一个地直起腰背，目光落向远处的天际线。接着，我们继续向前，车轮转动，路过一排排的商店和路人。我清楚地记得每一次上坡时的挣扎，都被随后飞驰而下的快感一扫而空。■

弗赖巧克力

为大众而生的固体巧克力

FRY'S CHOCOLATE

SOLID CHOCOLATE FOR THE MASSES

文字：*Richard Aslan*　摄影：*Jonathan Gregson*

> “他的‘美味巧克力’是世界上第一块真正可食用的固体巧克力，为弗赖家族赚了很多钱。固体巧克力从此开始进入大众视野。”

这块牌匾挂在联合大街中段一座大型现代建筑的墙上，一家炸鸡店和一家三明治店中间。上面写着，“弗赖家族可可巧克力工厂已经在此超过200年了”。我往笔记本上抄这段文字的时候，里面的人从他们的午餐桌上抬起头来，盯着我看。牌匾旁边还别着一张旧照片，摄于1921年。高高的砖烟囱里冒着烟，烟尘混进已经浓稠的空气中。我用手指沿着照片上白色的围墙滑动，然后抬起头来，很难相信照片上的建筑和我眼前的建筑是同一个地方。照片上的建筑已经消失了，小山上的城堡公园是“二战”后才从废墟中建起来的。

后来，我在图书馆的一本书里复印了一幅画，折了四折装进口袋。那幅画的风格对我来说非常陌生，以至于我花了很长时间才看清楚其中细节。画中，有两个人蹲在一个华丽的拱门前的凳子上，他们穿得很奇怪，脚周边的地上散落着一块块动物的尸体和一些珠子。那个黄皮肤、头上戴着羽毛的人将一个容器——可能是个葫芦——递给另一个戴着雄鹿头帽子、脸上涂着油彩的人。这幅画的内容太有冲击力了。下面的注解说，玛雅人喜欢喝热巧克力，而阿兹特克人却喜欢冷巧克力。他们都喜欢往巧克力里加调料。他们管巧克力叫“xocolatl”，这个词看起来挺面熟，但其实它的意思是“苦水”。起这个名字是为了提醒人们，巧克力在漫长的历史长河中一直都是以液体的形态存在的。1520年，可可豆和其他战利品一起抵达西班牙。1664年11月24日，英国作家塞缪尔·佩皮斯（Samuel Pepys）在日记里提到他在伦敦的一家咖啡馆里喝“jocalatte”。1707年，约翰逊字典出版社（Johnson's Dictionary Press）弄混了“cacao”和“cocoa”里的元音字母，“cacao”永远地变成了“cocoa”。

我翻开另一本详尽介绍巧克力历史的书，“直到19世纪初，刻着错综复杂的文字的石碑上说，欧洲有钱人喝巧克力的方式跟古代

◀◀◀

墨西哥有钱人的方式差不多。”当然，我想，肯定不包括血和羽毛这些仪式。那时候，手艺人走街串巷，用一种阿兹特克人的石磨帮人们磨可可豆。引发变化的革新者是约瑟夫·弗赖（Joseph Fry），他是个基督教贵格会（Quaker）医生，搬到布里斯托尔后，他放弃医学，改行开始做利润可观的巧克力生意。他的儿子约瑟夫·斯托尔斯（Joseph Storrs）在那些白墙后面组装了一台瓦特蒸汽机，专门用来磨豆子，从此巧克力生产进入了机械化时代。1822年，荷兰化学家范霍滕（Van Houten）把可可浆中的可可脂分离出来，成功减掉一半的脂肪含量，制造出速溶可可粉。1847年，弗赖家族的生意传到了约瑟夫·弗赖的曾孙手中，他把可可脂和糖又加回可可粉里，做出了可以倒进模具里的可可糊。他的“美味巧克力”是世界上第一块真正可食用的固体巧克力，为弗赖家族赚了很多钱。固体巧克力从此开始进入大众视野。

回家路上，我走进一家橱窗上贴有国际电话卡广告的甜品店。我找了好一会儿才找到深蓝色包装、金色商标的“弗赖奶油巧克力”。窄窄的一条，跟1954年英国杂志《约翰牛》（*John Bull*）上刊登的那条巧克力几乎一模一样。紫丁香色的背景上，模特头微微后仰，正把一块深色巧克力送进嘴里，说着“来吧，宠爱一下你自己”，下面是一行文字说明：“尝一尝弗赖巧克力吧，5大块只要4便士。”这条广告打出去的时候，奶油巧克力已经在市场上卖了88年。尽管弗赖巧克力一直运营至今，是家长寿企业，但它作为第一家巧克力工厂只在最开始占了一点儿先机。1897年吉百利（Cadbury）分占了大部分市场，1919年又有两家公司进入市场。巧克力市场一直很团结，直到2010年卡夫收购了吉百利。我扫过货架上五彩缤纷的巧克力包装。有些宣传是纯巧克力，有些强调巧克力令人沉溺的口感，有些图片上巧克力浆正在往下滴，有些主打外面裹着水果粒、坚果和焦糖。这家小小的商店里光巧克力就占了7个货架。我想，不管是哪家做巧克力，巧克力未来的销路都是有保障的。走出商店的时候我打开了这条巧克力，深色略苦的巧克力在我的唇齿间断开融化，那复杂微妙的口感瞬间盈满口腔，随后就被香甜的味道覆盖了。■

Beats & Bass

布里斯托尔音乐风格史

BEATS & BASS

A HISTORY OF THE BRISTOL MUSIC SCENE

文字：*Paul Sullivan*　摄影：*Finn Beales*

> “布里斯托尔音乐未完待续，同40多年前还没有神游舞曲时一样，依旧鲜活、多彩、丰富。”

我仍然清楚地记得我第一次听到大举进攻乐队（Massive Attack）1991年的代表作《蓝线》（*Blue Lines*）时的情形。那一年我19岁，正跟朋友们坐在普利茅斯的学生公寓里。当时虽然已是下午，但窗帘还是跟往常一样拉了起来，大卫·林奇（David Lynch）的电影海报挂在墙上，遮住了薄墙上的一部分裂缝。屋子几天没开窗了，蓝色的烟雾弥漫在空气中，令人昏昏沉沉、面色苍白。唱片里令人麻痹的嘻哈节奏，自由翱翔的灵魂，沉重醇厚的低音，如低语般的说唱，以及霍勒斯·安迪（Horace Andy）颤抖的假音，穿透层层迷雾，仿佛当头一棒，把我们打得哑口无言。那舒缓严肃的音乐啊，包含着人世间的真谛。这张革命性的专辑不仅完美地击中了我们所有的音乐口味，而且是从布里斯托尔“新鲜出炉”的，要知道，我们经常参加拉科塔和特克拉（Lakota和Thekla，布里斯托尔的两家娱乐中心）的电音节。

20多年过去了，《蓝线》依然是英国都市音乐强有力的代表作之一，与另外两张专辑——波蒂斯黑德乐队（Portishead）的《傀儡》（*Dummy*，1994）和Tricky（歌手阿德里安·索斯的别名）的*Maxinquaye*（1995），一起奠定了布里斯托尔“神游舞曲之都”的地位。这种慵懒的风格也恰巧为DJ Shadow（詹姆斯·拉韦尔创办的音乐厂牌Mo Wax旗下的艺人）推出歌曲《流入/流出》（*In/Flux*）创造了条件。媒体们为之轰动的时候，人们却忘记了一个基本事实，那就是这些尝试并不是第一次出现，而是在前人的基础上发展来的。布里斯托尔早在20世纪70年代就有了自己的音乐风格，那时候，工薪阶层聚居的地区和种族混杂的圣保罗地区流行牙买加风格的蓝调和雷鬼乐。经过长时间的与爵士、骤停打击乐、迪斯科及朋克的竞争和融合，到80年代早期，嘻哈元素也被吸收了进去，像“发掘”（Dug out）这样的酒吧——大举进攻乐队的组建人G爸（Daddy G）就在这里驻唱——开始以各种风格的电子乐和音乐爱好者混杂在一起而闻名。也就是在这样躁动的音乐环境里，Wild Bunch乐团诞生了，它是大举进攻乐队的前身。第一首神游舞曲作品，是在埃里克·萨蒂（Erik Satie）的《比爱还怪》（*This is stranger than love*）的基础上改编的单曲，由马克·斯图尔特（Mark Stewart）于80年代创作。马克是前卫朋克乐队“流行乐队”（The Pop Group）的主唱。

▶▶▶

这首歌由经营三线音响系统的罗布 · 史密斯（Rob Smith）和雷 · 麦提（Ray Mighty）出品。罗布和雷不仅将嘻哈节奏和重低音、牙买加歌手联系在了一起，出品了巴哈拉赫和大卫（Bacharach and David）的主题曲《旁边走过的有心人》（*Anyone Who Had a Heart and Walk on By*），还为大举进攻乐队出品了他们的处女作单曲《所有爱》（*Any love*）。1989年，罗斯罗伊斯乐队 (Rose Royce) 的打榜主题曲《对着星星许愿》（*Wishing on a star*）也是由他们俩出品的。“新鲜四人组”（Fresh Four）中的克鲁斯特（Krust）、苏维（Suv）和福林（Flynn），后来成为布里斯托尔音乐浪潮“drum & bass”（简称d&b）的主力军。跟丛林乐手罗尼 · 塞斯（Roni Size）和DJ戴（DJ Die）一样，克鲁斯特和苏维也是Reprazent乐队的成员，1997年他们的爵士d&b风格的专辑《新形式》（*New Forms*）赢得了颇有声望的水星音乐奖。福林和弗洛拉（Flora）在当地其他乐手“技痒”（Tech Itch）、“解码器”（Decoder）以及罗布和雷的支持下，组成了两人乐队。此外，罗布和雷还创建了音乐厂牌More Rockers，出品了著名的音乐合集*Dub Plate Selection*和他们自己的专辑*Bass is Maternal*（1995）。

d&b曲风迅速发展到了顶峰，这之后布里斯托尔似乎没有什么新的音乐风格诞生。然而，21世纪初，新一代音乐人又以一种新声音将布里斯托尔推回了世界音乐版图中，它就是dubstep。经过当地地下音乐人数年的努力，“1号电台”（Radio One）的DJ玛丽 · 安 · 霍布斯（Mary Anne Hobbs）在其节目《起来，布里斯托尔》（*Bristol: Rise Up*）中推出了12个新人，如Appleblim、Peverelist和Pinch。Pinch即罗布 · 埃利斯（Rob Ellis），是将布里斯托尔变革成dubstep音乐中心的关键人物。他从伦敦的fwd俱乐部里的Kode9系列中找到了灵感，在布里斯托尔开始了自己的DJ生涯，起名叫“Context”，后改名为“Subloaded”，然后又改名为“Dubloaded”。他的朋友Peverelist，即汤姆 · 福特（Tom Ford，有时候也是他的事业合伙人），创办了很有影响力的音乐厂牌“醉拳”（Punch Drunk），致力布里斯托尔当地的dubstep音乐人的推广，曾在2010年推出了一张多个音乐人作品合集《物有所重》（*Worth the Weight*）。这张合集也得到了上一代制作人罗布和雷的支持。汤姆 · 福特还开过一家唱片店Rooted Records，在2010年停业前，那里是布里斯托尔音乐人聚会的主要场所。

最新的都市音乐浪潮是house音乐，它已经从嘻哈、d&b和dubstep这样的“硬核连续体”（hard core continuum）中偏移开来，开始向布里斯托尔过去几十年一直有意回避的方向发展。这种新音乐风格正在引起广泛关注，其中坚力量是音乐厂牌“未来摇滚”（FutureBoogie）、代理商和俱乐部，创建人是史蒂夫 · 尼克尔斯（Steve Nickolls）、戴夫 · 哈维（Dave Harvey）和一些新生代DJ、制作人，如朱利奥 · 巴什莫尔（Julio Bashmore）、科顿（Kowton）、克里斯托夫（Christophe）、卢卡斯（Lukas）、盾形徽章（Coat of Arms）、布林（Behling）和辛普森（Simpson）。你还可以通过一些派对或唱片店了解这种音乐：户外house音乐派对“露天迪斯科”（Alfreso Disco），每一两个月在一个秘密地点举办一次；唱片店Stoke Croft's Idle Hands，Rooted Records旧址上新开的一家先锋店铺。事实上，当前的house音乐与以往的音乐风格并没有太多联系，但是这不重要，新的音乐运动在用自己的方式推陈出新，打破常规。从马克 · 斯图尔特到大举进攻乐队，从奈 · 彻丽（Nineh Cherry）到Tricky，从波蒂斯黑德乐队到罗尼 · 塞斯、罗布 · 史密斯的dubstep作品，布里斯托尔音乐未完待续，同40多年前还没有神游舞曲时一样，依旧鲜活、多彩、丰富。■

插曲

椅子

座椅的影响力

THE CHAIR

SEAT OF INFLUENCE

文字：*Charlie Lee-Potter* 摄影：*Line Klein*
艺术设计：*Nathalie Schwer* 协助：*Chris Tonnesen* 润饰：*Rune Lundoe*
椅子提供：*Dansk Mobel Kunst\dmk.dk*

我现在坐的这个椅子有个编号——9B，我正在弗吉尼亚州里士满飞往马萨诸塞州波士顿的航班上。椅子不单是替脚承担身体重量的地方，它还标记出领地，显示地位，若是在飞机上，它还预示着旅行的力量。椅子既具体又有象征意义，我们爱它。君王坐在宝座上成为统治者，商业巨头坐在董事会的椅子上赢得权力，同样地，坐在头把交椅上象征着更高的地位。罗莎·帕克斯（Rosa Parks）用平等地坐在公共汽车座椅上宣告了美国现代民权运动的开始。如果没有椅子，金发姑娘和三只熊就只是围着三碗肉汤，也不会有精彩的故事。事实上，就是因为金发姑娘侵占了熊的椅子，这个故事才有了颠覆性的魅力。

当我们说我们"有一个Ercol"，"想要一个Wegner"，或者"正在为买Bertoia攒钱"时，我们都是在谈论椅子。我母亲去世之前，想从她的物品中给我最后一件礼物。本能地，我选了一把椅子——诺曼·谢尔内（Norman Cherner）1958年设计的胡桃木扶手椅。每次路过它，我都忍不住用手指触摸它那弯曲的线条和蜿蜒曲折的扶手。我坐在我的"谢尔内"上，它发出柔和的吱吱声，弹力胶合板与我的后背曲线完美贴合。我的椅子既是我每天使用的美丽好物，又是我和母亲的鲜活回忆。

伦敦设计博物馆编著的《50把改变世界的椅子》（*Fifty Chairs that Changed the World*），把人们对椅子的共鸣理解为文化隐喻和象征。这书名听上去有点儿讽刺，但过去150多年的重要的椅子设计，确实以它们自己的方式成为经久不衰的美学标杆。1859年，迈克尔·托内（Michael Thonet）设计了第一把现代机械化量产的椅子。这把椅子正是如今无处不在的"14号"（No.14），也被称为"小酒馆椅"。蒸汽曲木技术第一次使家具批量生产成为可能。托内的椅子可以先分装，再组装，是非常有前瞻性的。这意味着，36把椅子可以装在同一个立方盒子里运到世界各地，这是历史上的第一次。同样以经典椅子设计留名青史的勒·柯布西耶（Le Corbusier）如此评价"14号"："从来没有一把椅子比这个更好、更优雅、更精确、更实用。"你很难想象一个没有小酒馆椅的酒吧。如果没有"14号"，巴黎咖啡社区还会不会存在？可以说，两者不可分割。同时，20世纪60年代也是维尔纳·潘顿（Verner Panton）设计的S椅的时代。潘顿对塑料材质的无穷潜力意乱神迷，他的目标是设计一把一体成型、不会坏的椅子。这把曲线优美、未来主义的S

▶▶▶

◂◂◂

椅，带有太空时代的美学意识，能去到任何一个地方，是1969年人类第一次登月的完美微观象征。

椅子从未摆脱过与政治的内在联系。“断椅”是丹尼尔·贝尔塞（Daniel Berset）创作的巨型木质雕塑，矗立在日内瓦万国宫门前。它缺失的那条断腿，是对地雷的强烈抗议和蔑视。而电影明星克林特·伊斯特伍德（Clint Eastwood）用椅子表演的那场欠考虑的政治抗议演说就没这么成功了。为表示支持米特·罗姆尼（Mitt Romney）和共和党总统竞选，伊斯特伍德与一把空椅子进行了长达12分钟的谈话，他说，这把“空椅子”就代表奥巴马和他那些空洞的承诺。这把椅子引发了一场论战。伊斯特伍德困惑了，这把椅子也似乎备受责难。奥巴马的竞选团队立即在社交网站推特上发了一张照片，照片上是总统椅的背面，奥巴马从椅子后面探出头来，图上还配了文字“这把椅子已经有人坐了”。美国电视女演员南希·李·格兰（Nancy Lee Grahn）更粗鲁，她发推特说：“20年前，我还想让克林特·伊斯特伍德让我高兴高兴。现在，我只希望他在该吃药的时候吃药，别犯病，庆幸下自己还用不着医保。”你看，连伊斯特伍德也不敢再乱拿椅子说事儿了。

全世界的博物馆和画廊都爱收藏珍贵的古董椅子。不过，也有这样一家画廊，以拥有“赝品”为荣。1963年，摄影师刘易斯·莫利（Lewis Morley）拍了一张照片，照片上伦敦女模特克里斯蒂娜·基勒（Christine Keeler）赤身裸体地坐在一把看起来像是阿恩·雅各布森（Arne Jacobson）设计的著名的“3107椅”上。后来人们才发现，摄影师用的是一把花几先令买来的假货。这件赝品让“3107椅”更加名声大噪，人们甚至开始追捧假货。伦敦维多利亚与艾伯特博物馆收购了莫利用过的这把椅子，开启了“原版赝品”（original fake）椅子收藏的先河。真品和赝品并排出现，完美展现了椅子不屈不挠的力量。它们互相映衬，真品传达了原版设计意图的纯粹，而它的“赝品兄弟”也有自己轻晃的魅力。像其他所有标志性的经典椅子一样，这两把椅子都拥有它们最初的所有者明显缺乏的“长寿”。■

波特梅里恩

威尔士的意式海滨村庄

PORTMEIRION

AN ITALIAN SEASIDE VILLAGE IN WALES

文字：*Richard Aslan*　摄影：*Jonathan Gregson*

大胆的线条、华丽的大手笔、丰富的水彩色，克拉夫·威廉斯-埃利斯（Clough Williams-Ellis）的建筑绘图让人联想到托尔金所描绘的中土世界的地图和风景。二人都描绘了一个幻想中的世界，这个20世纪的建筑师梦寐以求的就是托尔金作品中那种自然与建筑完美融合的和谐。威廉斯-埃利斯的绘图曾经长时间暴露在仓库里，被遗弃在潮湿的地窖里，经历了战乱，最终能够幸存下来如此多，不得不说是一个小小的奇迹。虽然他的许多建筑作品就没有那么幸运了，但好在，他最伟大的作品——波特梅里恩，威尔士的海滨小村庄，留存了下来。这个奇特的世外桃源坐落在一个局促的半岛南部，夹在两个河口之间，风景如画。当他买下这块地的时候，这个还叫"阿伯拉"（Aber Iâ）或"冰河口"的地方一片荒凉，杂草蓬茸。乱树丛中仅有的一栋房子，是已故的黑格小姐和陪伴她的狗狗们隐居的地方。这个位置既神秘又交通便利，距离他刚继承的普拉斯布朗登（Plas Brondanw）破房子只有几千米远。威廉斯-埃利斯不喜欢他这个新秘密王国的冰冷的名字，冒着被英国地形测量局否决的风险，给它起了一个新名字——波特梅里恩。接下来的50年里，圆顶建筑、钟楼和亭子相继建成，其多元混杂的风格足以让纯粹主义者们大吃一惊。然而，这正是威廉斯-埃利斯为体现他的"生机勃勃"的建筑原则而建造的活生生的极具讽刺意味的证据：建筑是自然环境的补充，与自然和谐共生。地中海的一些渔村，如菲诺港（Portofino），就是这种原则的一个例证，"波特梅里恩"这个名字可能就是受其启发而来的；远东的建筑风格则是这种原则的又一例证，他认为那是"自然与意识的完美融合"。

1925年，他用黑色墨水将最初的设计图样绘于亚麻布上，这是一系列从陆地和海洋上都可以看到的建筑。一些是新英格兰式的本土建筑，但那座华丽的高塔显然是意大利式的。这是他一再应用的"大杂烩"风格。到1926年复活节时，黑格小姐的房子已被翻修一新，变成了一家酒店；怪异的乡村小木屋"天使"（Angel）和"海王星"（Neptune）正在拔地而起。第三间小木屋"美人鱼"，由园丁的住所改造而成，是整个村庄的"心脏"地带。穿过绿地就到了威廉斯-埃利斯所谓的"倒塌的房屋"之一——市政厅（Town Hall），它用了从弗林特郡的埃姆龙厅（Emral Hall）抢救下来的

▶▶▶

窗户、门和天花板。威廉斯-埃利斯把它们从被遗忘的废墟中一片片买回来，重新加以利用。在真正的“喜鹊式建筑”（类似喜鹊收集零碎的东西筑巢）中，这种混合结构的圆穹顶由一个倒扣的大锅做成。在威廉斯-埃利斯拯救圆顶建筑的名声传播开来后，全英国的人给他送来旧建筑的“残骸”，只是其中仅有很少一部分符合他的要求。而这“很少一部分”中就有著名的“柱廊”，其最初是布里斯托尔的一个冶炼富商1760年建造的澡堂的一部分。

建筑只是波特梅里恩故事的一半，一直以来威廉斯-埃利斯都以其美丽的自然风光为荣。这个半岛像楔子一样直插入卡迪根湾最北端的浅水湾中，如此的与世隔绝，以至于拥有自己的小气候。温暖的斜坡上长满了植被，而距其数千米远的地方却寸草不生。威廉斯-埃利斯特别喜欢这种生机勃勃的自然环境，如今这里的土地被很好地养护着，春天，盛放的鲜花、银杏、蕨类植物等串联成美的瀑布。虽然早期想引进一种绿蜥蜴的尝试失败了，但是半岛上从前的居民留下的宠物——一种特殊的波斯猫仍繁衍不息，它们的领地已经扩张到了湿润的绿色丛林中。

过去，波特梅里恩从未被看作是威廉斯-埃利斯最好的作品。随着时间的流逝，他花了很多精力来保护这里的“记住你在哪儿”的氛围。早些年，半个冠币（约今天的200元人民币）的门票就足以挡住大部分不算富裕的访客，但战争动乱扫除了旧秩序，对于新解放的工人阶级来说，门票不再是问题。至此，这里在入口处设了关卡，立起公告牌，禁止汽车开进村里，以维持半岛的宁静。波特梅里恩虽自称“村庄”，却有着严密的防范设施，而且完全是私有财产，其中的大多数建筑物如今作为酒店开放。想要一日游的游客必须交10英镑（约90元人民币）才能进入，在鹅卵石广场上漫步，然后最好在晚餐前离开，记住，汽车和狗不得入内。当初，许多人曾警告威廉斯-埃利斯，他的作品太费钱，但时间证明，波特梅里恩收入颇丰。威廉斯-埃利斯晚年最关心的问题是，如何保护自己的作品免受过度发展的破坏，他在90岁的生日演说中说道：“别把一只优雅的小老鼠吹成一头笨牛。”1971年，波特梅里恩被指定为受保护的地标。尽管有诸多困难，他的这个美妙世界终究是像他的图纸一样，在他1978年去世后一直保存完好。

2012年9月14日，波特梅里恩进入了新阶段，这里举办的“6号狂欢节”开幕式吸引了约6 500名观众参加。“6号”是20世纪60年代在这里拍摄的一部非主流电视剧《囚徒》中的人物。现在，狂欢节已经举办了三届，参加者增加至近万人。波特梅里恩成了威尔士海岸上最有名最热闹的地方。这么多人和这么热烈的庆祝活动可能跟威廉斯-埃利斯当年的想法背道而驰，但是对我们来说不是件坏事。要知道，这个男人曾要求人们在他死后，把他的骨灰放进火药筒里，以参加河口新年夜的烟花大会。鉴于他很喜欢华丽的风格，我们就权当他会同意这个活动的举办吧。■

Everlane

时尚，道德，经济

EVERLANE

FASHION, ETHICS & ECONOMICS

文字：*Elizabeth Schwyzer* 摄影：*Carmen Chan*

“让顾客了解制造过程只是Everlane模式的一部分。”

Everlane的产品不会打折促销，永远不会。这是这家2010年创立于旧金山的服装公司承诺给消费者的原则之一。Everlane以干净简约的设计风格、限量生产及革命性的零售方式，从众多品牌中脱颖而出。在大多数服装公司与零售商合作销售时，Everlane选择在线直销给客户，以避开中间商和实体业的利润盘剥。其产品，从高品质的棉质、丝质衬衫，到羊绒毛衣和优雅皮包，价格只是竞争对手的一小部分。创始人迈克尔·普雷曼（Michael Preysman）认为，就像客户需要物有所值一样，公司也同样需要遵循这个原则。正如现在的美食家们都纷纷涌向当地的有机农产品一样，越来越多的人被Everlane所吸引，因为其高质量的道德性采购（ethically sourced）的纺织品、精益求精的工艺，以及原材料和价格的公开透明化。

在访问Everlane网店时，你不仅可以下单，还可以了解在中国东莞的工厂里这些羊绒产品是如何制成的。你可以浏览工厂的照片，了解工厂的老板，甚至看看那里的工人们业余时间喜欢做什么。不光这一家，Everlane的每个合作伙伴在网站上都有介绍，比如英国霍伊克的围巾厂、意大利布雷西亚的凉鞋厂，以及美国洛杉矶的T恤、运动衫工厂。将这些信息与产品一起发布，是普雷曼倡导的所谓的“激进透明化”（radical transparency）的一部分。服装行业工人福利状况恶劣的新闻经常被报道，聪明的消费者们愈加想知道他们的衣服是否符合道德生产标准。

让顾客了解制造过程只是Everlane模式的一部分，还有一个问题是如何让消费者了解他们正在为什么付钱。这个问题的答案在传统零售业中往往是不透明的，但Everlane对自己销售的每一件产品，都用简单的信息图表来分解

▶▶▶

◀◀◀

成本。普雷曼会毫不犹豫地告诉你，他的灰色V领棉T恤的材料成本为4.28美元，劳动力成本为4.65美元，运输成本为0.2美元，加起来共计9.13美元。他还会指出，Everlane以18美元的价格销售这件产品，刚好是总生产成本的两倍，同样的衣服传统零售标价可能是50美元。“消费者总是认为，价格高的话，质量肯定高。”普雷曼解释说，“但事实并非如此。刚起步的时候，我们自己都不知道生产成本是多少，所以我们决定把这件事搞清楚，然后分享给我们的消费者。”到目前为止，这种方式收到了良好的反馈。Everlane在美国各地拥有忠实的粉丝，城市里的年轻白领们尤其喜欢该公司坦率的态度和简约的品位。以此为基础，每次发布新产品Everlane都会举办开放式活动，数百名顾客聚在一起吃饭，试穿新品，跟企业员工交流，并给出产品反馈。2013年6月，他们在纽约的快闪店吸引了800多人，销售额持续增长。Everlane成功的另一例证是，他们已由起步时的6名员工增加到了40名。

Everlane的迅速崛起和高关注度不可避免地招来一些模仿者，不过普雷曼并不受什么影响，他更关注自己公司的未来，已开始进攻羊毛外套和女鞋市场。他对于Everlane的使命也是一如既往的清晰：帮顾客做出更明智的购买选择。他说：“真正激励我的，是我们可以改变人们的思维方式。”■

EVERLANE

精 选

生活好物

我们喜爱的一些生活好物，以质量和设计取胜。

开瓶器 HEX Opener by IACOLI & MCALLISTER

水壶 Pitcher by ANOTHER COUNTRY

香水 Standard fragrance by COMME DES GARÇONS × ARTEK

可折叠星形雕塑 *Brass Stars by* KOSTICK

聪明杯 Coffee Dripper by MASANOBU ANDO for Mjölk

洗衣液 Lavender laundry detergent by COMMON GOOD

围毯 Langholm throw by ESK

3. 马拉喀什，摩洛哥

MARRAKECH, MOROCCO

31°38′7.3″N, 8°0′14.8″W

摄影之家

过去的影像

MAISON DE LA PHOTOGRAPHIE

PORTRAITS OF THE PAST

文字：*Zosia Swidlicka*　摄影：*Rich Stapleton*

“摩洛哥奇特而美丽，就像一个藏有无数故事和回忆的宝箱。”

我在心里暗暗记下，第二个清真寺出来后左拐，从下一个大门进去。我没管路人的喊叫和提醒，他们告诉我里面什么都没有，是另一条路，不开门，我把从集市上就开始萌芽的怀疑的种子扼杀掉，继续向前。等我意识到我已经忘了这是第几个清真寺的时候，我停了下来。太阳炙烤着迈迪奈（Medina）老城区的赭色城墙，金色的阳光洒在茶壶的手柄上。某处，收音机里正播放着一个女人美妙的复调歌声，旁边的香料商人不知道在嘟嘟囔囔什么。一个孩子正在追路边高高的西瓜堆上滚落下来的西瓜，我的目光追随着他，看向远处空荡荡的街道。突然，像灯塔一样，我看到了我的目的地——马拉喀什的摄影之家。

这所摄影之家于2009年开馆，旨在展现20世纪之交造访此地的大旅行家们眼中的摩洛哥。这些欧美艺术家、作家和知识分子迷醉于摩洛哥文化的异国情调中，通过镜头记录下了他们的经历。他们呈现了无数私密影像和迷人风景，从繁忙的港口城市丹吉尔到阿特拉斯山脉偏远的荒野都有记录。作为摩洛哥唯一的摄影博物馆，这里收藏了那个时代马拉喀什一些罕见的图景，展示了很多只有最有特权的游客才能看到的内容。

室内是明亮的白色，引我步入房间深处。当我小心翼翼地走进一个灯火通明的厅室时，八双眼睛在我背后盯着我，还有一个包着头巾的柏柏尔人、一个长胡子老者和两个女人，他们都保持着一种对抗性的姿态。这些都是过去的影像，虽然它们都有种令人惊讶的熟悉感。照片中人物的表情和姿态精准地反映了外面商人的面部特征，棕褐色的色调就像我刚刚离开的街道的泥土色。入口处的这8张相片是馆藏原始影像的一部分，摄于1870年至1950年期间。这个前商贸驿馆（或旅馆）的旧址里，记录了摩洛哥一段（一个人的人生那么长）复杂的历史。犹太女人，柏柏尔女人，阿拉伯女人，女奴隶，她们的照片起初都被挂在同一个

▶▶▶

Cavilla. *Porte des Portugais, Tanger,* 1880

Garaud. *Dans les souks, Marrakech,* 1920

◀◀◀

房间里。今天馆内正在举办的这个展览叫“惊人的航海者”，这是从夏尔·波德莱尔的一首诗中借来的短语。19世纪50年代波德莱尔参观摩洛哥时，从中获得许多灵感。对于他和这里的其他许多摄影师来说，摩洛哥奇特而美丽，就像一个藏有无数故事和回忆的宝箱。伟大的旅行家们为旅行而旅行，为发现未知而旅行，其终极目的可能是在旅行中发现生命的意义。100多年以后，追随着他们的脚步，我不仅发现了被观察者们的故事，还发现了观察者们的故事。

上了一层楼，我发现自己置身于20世纪20年代的马拉喀什。一道光柱穿透了市场上的茅草屋顶，落在一个孤独的步行者身上，他正穿过一条狭长的甬道。在另一个相似的场景中，屋顶鳞次栉比地排列着，一直延伸至远方，消失在一个点上，年岁久远的照片蒙了灰尘，老化的相纸使影像模糊不清，拱道圆形的边缘定格了这个历史性的瞬间。我在阳台上继续浏览，观察那些一个世纪前日常生活中被记录的时刻。在一楼，我找到了马塞兰·弗朗德兰（Marcelin Flandrin）的作品，他是名军队摄影师，20年代在卡萨布兰卡开了一间工作室。接着我又来到顶楼，按下黑暗的房间里的电灯开关，摩洛哥首都拉巴特的影像出现在我眼前，利用的是吕米埃兄弟（Lumière brothers）1907年发明的“天然彩色片”光定影热感彩色技术。他们在玻璃板上用马铃薯粉来增色。我看到一群男人靠着古老的城墙，在粉末中获得了永生。尽管这些照片很脆弱，但它们已经抵抗住了时光的流逝，继续释放着多年来积累的不可忽视的能量。

我来到屋顶露台，看着下面人潮涌动的市场。而在这里，展馆墙上静默的人和地方似乎一点儿没变，如同复活了一般，忠于他们世代传下来的传统和习俗。犹太女人的头巾仍然在微风中飘扬，喷泉仍然骄傲地占据着老城中心，大量新烤出的面包仍然在阴暗的甬道的小推车上售卖。这是经历了多少变迁后依然鲜活的文化自豪感。我在博物馆里一直待到了关门，才不情愿地将那些照片和秘密抛诸脑后，从后门出来，回到现实。有一家人正在去往清真寺的路上，看见我走出来，他们让我联想起刚才照片上20世纪的另一个家庭。一个年轻男孩儿骑着自行车从我身边经过，手里握着手机，我的幻象破裂了。旅程已经结束。■

地址：马拉喀什苏格艾尔菲斯大街42号
官网：MAISONDELAPHOTOGRAPHIE.MA

露台上的风景

这家博物馆的全景露台是这座城里最高的露台之一。站在这里可以看到，马拉喀什的低矮建筑向阿特拉斯山脉徐徐展开。政府禁止老城里的建筑高于棕榈树，这让库图比亚清真寺（Koutoubia mosque）的尖塔看起来更高了，就像突破了天际线一般。

马若雷勒花园

奇异的蓝色阴影

JARDIN MAJORELLE

A SPECIAL SHADE OF BLUE

文字：*Richard Aslan*　摄影：*Rich Stapleton*

> “雷勒蓝，37.6%红，31.4%绿，86.3%蓝；饱和度64%，亮度86%，跟潘通色2726号的相似度为91%。”

从德吉玛广场（Djemaa El Fna）市场上耍蛇的和卖果汁的小摊往前走，我一头扎进了阴暗的小巷子中。路过卖活鸡的，卖隼的，卖鼓的和卖撒哈拉沙漠南部来的雕像的小摊，从香料广场（Spice Square）往北走，路过阿齐兹街（Rue Sid Abd El Aziz），然后是艾尔查街（Rue El Gza），这儿的游客愈渐稀少，再然后就是迈迪奈，老城还是一如既往的拥挤嘈杂。沿着狭窄的街道走，一直走到城墙根儿，饭菜的气味被刺鼻的鞣制皮具、染料和金属制品的味道所覆盖。过了城墙下的门廊，便又是另一种杂乱。空气里满是施工的噪声和水泥灰尘，载着乘客的公共汽车驶过黏糊糊的柏油路。穿过废墟、公寓区和开空调的超市，到达伊夫·圣洛朗大街（Rue Yves Saint Laurent），马若雷勒花园就坐落在两个街区之间，正等待着你来开启一场全新的感官盛宴。里面香气四溢，绿荫如盖，树影婆娑，竹子在风中发出清脆的回响，流水潺潺，流进金鱼游弋的水池里。

1923年，雅克·马若雷勒（Jacques Majorelle）买下这片土地时，旁边是一大片棕榈树林。那时他已经爱上北非十年了。1919年，他和他年轻的妻子在马拉喀什安了家。他色彩浓郁的当地人物画和风景画在市场上卖得好价钱，于是他又买了1.6公顷土地，建了一个摩尔人风格的房子来住，又建了一个柏柏尔人风格的房子来当工作室。1933年，建筑师保罗·西努瓦尔（Paul Sinoir）为他设计了一栋立体主义的别墅。他喜爱的各种明亮的颜色被刷到墙壁、门道和凉亭上。他把他的花园当作了画布，随意泼洒色彩。各种形状和色彩在这些建筑物周围蓬勃生长，马若雷勒慢慢创造出了他的印象派花园。

这座花园很快就耗光了他的资产。“它是一项艰巨的任务，”他说，“我完全投身其中。”为了平衡收支，他在1947年向公众开放了这座花园，但离婚和破产还是让他不得不拍卖了花园的一部分。他的第二次婚姻可能还算幸福，但他后来又遭遇了严重的车祸。为了支付

▶▶▶

◀◀◀

医疗费，马若雷勒在1961年把他剩下的一部分花园也卖了。几个月后，他又出了一场几乎致命的车祸，只好回法国治疗。最终他死在了巴黎，远离了他心爱的花园。天不遂人愿，他没有如自己梦想的那样，在他最爱的花园里、树枝下走完生命的最后一程。

伊夫·圣洛朗从未见过雅克·马若雷勒，但他和伙伴皮埃尔·贝尔热（Pierre Berge）1966年第一次来摩洛哥时，就爱上了这座花园。“我们被它迷住了。”他回忆道，“这是一片将马蒂斯的颜色与自然融为一体的绿洲。”他们从炎热的城市和没完没了的派对、时装秀中抽身出来，逃离到这里阴凉的步道上享受宁静时光。通常情况下，他们都是独自来这里，花园的全盛期已经过去，这里被人们忽视和遗忘了。直到1980年，马若雷勒花园难以为继，供应商打算择日拆迁，在原址上建造一个新酒店。圣洛朗和贝尔热拼尽全力制止了这个计划，最终买下了这个地方。他们在这里住了下来，并继承了马若雷勒的审美，开始了漫长而昂贵的修复工程。这里是伊夫·圣洛朗“无穷无尽的灵感源泉”，园里的颜色和形状都渗透进了他的作品里。他也和马若雷勒一样，没能死在自己最爱的花园里，与龙舌兰、仙人掌以及荷花池里的青蛙在一起。不过，马若雷勒是葬在法国南特公墓，他父亲的旁边，而圣洛朗的骨灰则撒在了花园的玫瑰园里。

这座如画的花园里的所有色彩，比如大如蒲扇的绿叶、深幽的片片阴影和艳丽多彩的花海等，都比不上其中那一种颜色。它就是雷勒蓝，37.6%红，31.4%绿，86.3%蓝；饱和度64%，亮度86%，跟潘通色2726号（Pantone®#2726）的相似度为91%。你能在马若雷勒的大部分画册中找到它，也许是在柏柏尔女人的长袍上，也许是在远山的阴影褶皱里。伊夫·圣洛朗的著名的18号雷勒蓝也是这个颜色，他在自己设计的睫毛膏里、指甲油里和流苏高跟鞋上都用过它。如今，这两位艺术家都已经离开人世了，却以马若雷勒花园的色彩这种方式，获得永生，流芳百世。■

地址：马拉喀什伊夫·圣洛朗大街
官网：JARDINMAJORELLE.COM

薄荷茶

摩洛哥特饮

THÉ À LA MENTHE

MOROCCAN REFRESHMENT

文字：*Zosia Swidlicka*　摄影：*Rich Stapleton*

> “茶叶的微香与回甘里的一丝苦味混杂在一起，一种温暖的感觉传遍全身，让人精神一振。”

去过马拉喀什的人都知道，薄荷茶是摩洛哥无可争辩的国家象征。德吉玛广场上到处都是满车的新鲜薄荷叶和银质茶壶，四处飘散着薄荷香味，游客和当地人都喜欢啜饮这种金黄色糖浆似的提神饮品。人们围坐在长桌子旁，或者就蹲在市场摊位边上，不管白天黑夜地品尝这著名的饮品。热闹的市场上，薄荷茶的热气弥漫在空气中，屠夫大力地剁着骨头和肉；买东西的人在成堆的塔吉锅中细细挑选；一群孩子骑着自行车，争先恐后地穿过狭窄的甬道，完全不管大人们在后面如何呵斥，而这些大人穿着及地长袍“飘”过小巷，就好像没有碰到地面一般。

一只茶壶慢慢倾斜，冒着热气的茶水重重地落进杯子的那一刻，时间仿佛停顿了一下，接着人们就等着茶壶放回银质茶盘时的当啷声。杯子里的小气泡在度假村里疲惫的旅者嘴唇上弹开，茶叶的微香与回甘里的一丝苦味混杂在一起，一种温暖的感觉传遍全身，让人精神一振。

摩洛哥人平均每天能喝30杯薄荷茶，薄荷的清凉功效应对当地的炎热天气非常有效。薄荷茶是这个地方的文化核心，它将人们聚在一起，不分阶级种族。拿出最好的茶具招待来家里的客人；商铺店主在毯子、鞋子和围巾中间坐下来，与刚成交一笔生意的新客户喝上一杯；柏柏尔人为了在沙漠中保持水分，饮大量薄荷茶。虽然薄荷茶在每个人的生活中都扮演着至关重要的角色，但它是如何在摩洛哥获得如此重要的地位的呢？没人能说清楚。就连是从什么时候开始喝薄荷茶的，都没有人知道。一些人认为，早在公元前12世纪，腓尼基人定居在这里时，就已经喝薄荷茶了；而另一些人则认为，这可能是1859年摩洛哥国王执行的一个策略性政策的结果。当时，摩洛哥在与西班牙的一场决定性的战争中惨败后，签署了一个条约，承诺对西班牙港口所遭受的损害进行赔偿。自此，摩洛哥提高了关税，将收益权交给

▶▶▶

◀◀◀

了外国专员，由他们来施加西方货物的影响，自此中国的茶叶也传到了这里。还有一种观点是，一群海盗在海上劫掠了这种珍贵的物资，将这些战利品带回了陆地。不管怎样，薄荷茶在摩洛哥文化中的核心地位是不容置疑的。几个世纪过去了，严格遵照传统和仪式的招待文化已经变成了摩洛哥社会的基石。

如何准备薄荷茶

- 将中国绿茶和一部分开水倒入传统茶壶中。泡一分钟左右，倒入第一个杯子，然后倒入第二个杯子。旋转茶壶，用剩下的茶水清洗茶壶内壁，然后倒掉茶水。
- 将糖、薄荷叶和剩余的水倒入壶中，然后再倒入上一步茶杯中的茶水。煮沸几分钟。
- 倒出第一杯茶，然后倒回壶中。反复几次，让所有东西都充分混合，糖充分溶解。
- 将茶壶和茶杯放在托盘上，端到客人面前。
- 高举起茶壶，慢慢倾斜，将茶倒入茶杯，这样有助于茶水表面产生泡沫。
- 用拇指和食指端起茶杯，小心烫，慢慢啜饮薄荷茶。■

撒哈拉

影像志

摄影：*Rich Stapleton*